¡NO INTERRUMPAS, KIKA!

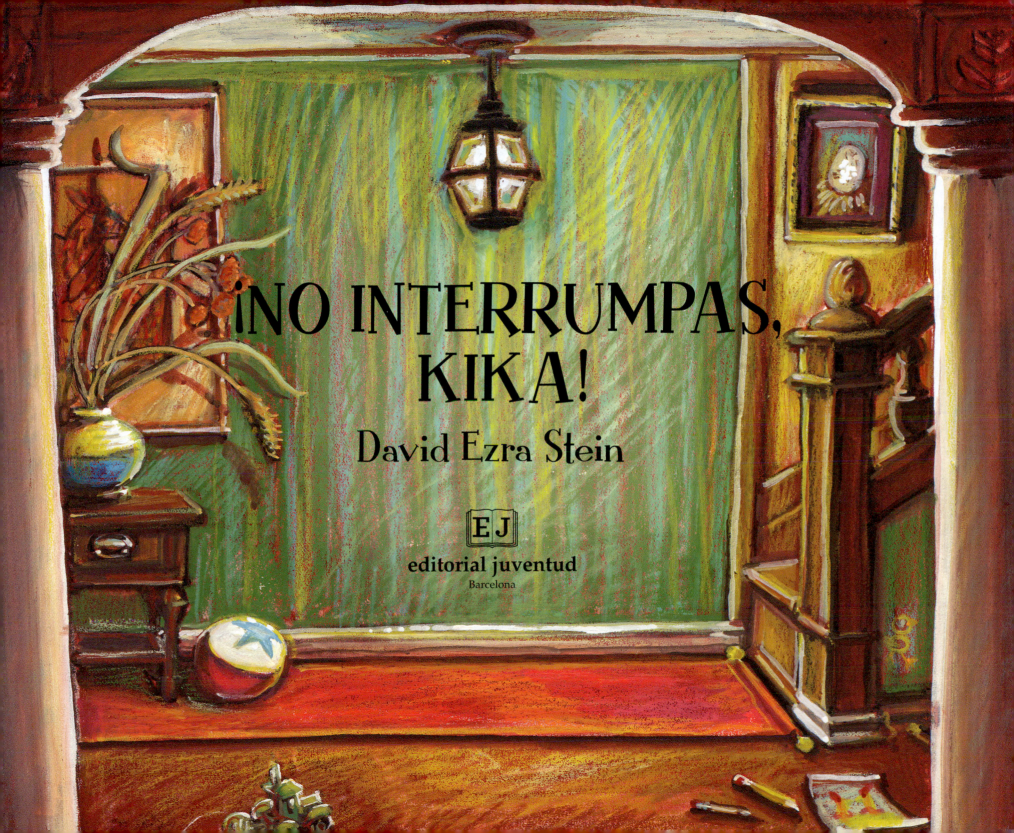

¡NO INTERRUMPAS, KIKA!

David Ezra Stein

EJ

editorial juventud

Barcelona

Era la hora de irse a la cama.

-Venga, Kika -dijo papá Gallo-.
¿Estás lista para ir a dormir?

-¡Sí, papá! Pero te olvidas de algo.

-¿De qué? -preguntó papá Gallo.

-¡Del cuento para dormir!

-Está bien -dijo papá Gallo-. Te leeré uno de tus cuentos preferidos.
Pero esta noche *no* vas a *interrumpirme*, ¿verdad que no?

-¡Oh, no, papá! Me portaré bien.

Hansel y Gretel estaban muy hambrientos. En medio del bosque encontraron una casita de bizcocho y chocolate. Mordisquito a mordisquito, empezaron a comerse la casita hasta que una anciana que vivía en ella, salió y les dijo: «¡Qué niños más ricos! ¿Por qué no entráis?» Estaban a punto de entrar cuando...

-Kika.

-¿Sí, papá?

-Has interrumpido el cuento. Intenta no meterte en la historia.

-Lo siento, papá. ¡Pero es que era una bruja de verdad!

-Sí, pero se supone que tú tienes que ir tranquilizándote para dormir.

-Prueba con otro cuento. ¡Me portaré bien!

«Lleva esta cesta con pasteles para la abuelita —dijo la mamá de Caperucita Roja—.
Pero no te entretengas por el camino. El bosque está lleno de peligros.» Caperucita
Roja se fue brincando muy contenta por el bosque. Al cabo de un rato encontró
un lobo que le dijo «Buenos días». Estaba a punto de responderle cuando...

-¡Kika!

-¿Sí, papá?

-Lo has vuelto a hacer. ¡Has interrumpido dos cuentos,
y todavía no tienes ni pizca de sueño!

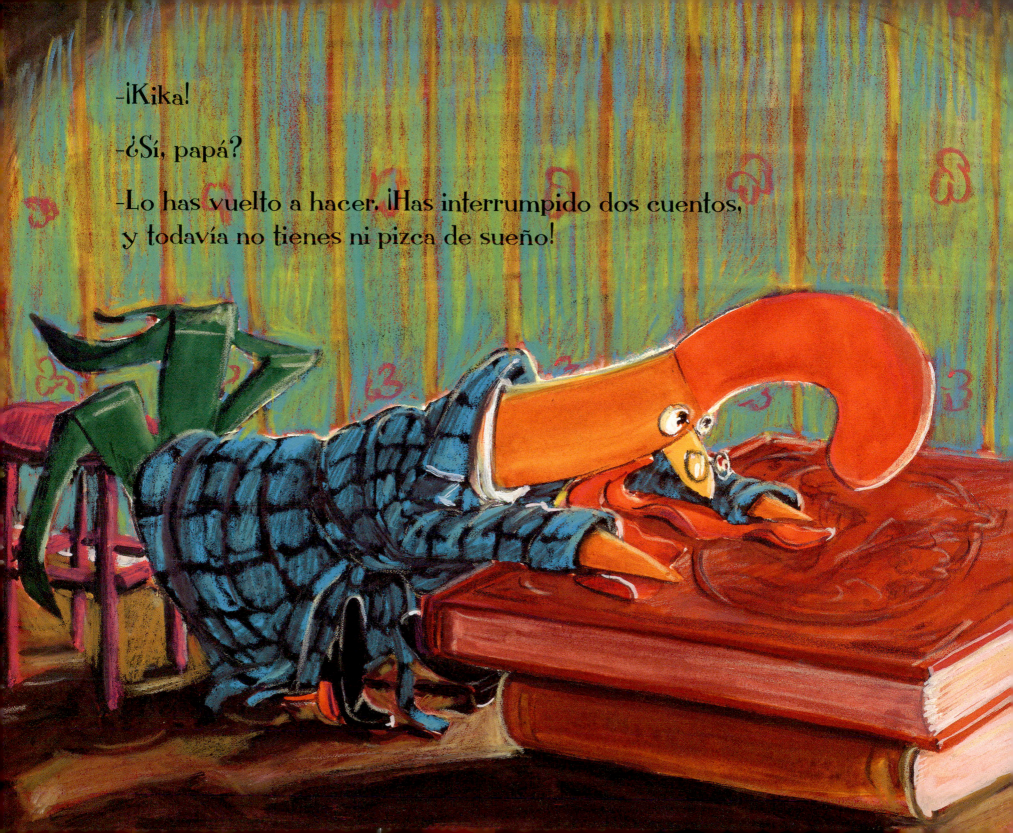

-Lo siento, papá. ¡Pero es que era un lobo muy malo!

-Sí, lo sé. Ahora vuelve a meterte en la cama.

-De acuerdo, papá. ¡Prueba con otro cuento cortito, y me portaré bien!

El Pollito sintió que le había caído algo en la cabeza y pensó: ¡El cielo se está cayendo! Estaba a punto de salir corriendo a contarles a la Gallina, a la Oca, al Pato, y a todos los animales de la granja, que el cielo se estaba cayendo, cuando...

-Kika.

-¿Sí, papá?

-Lo has hecho OTRA VEZ.

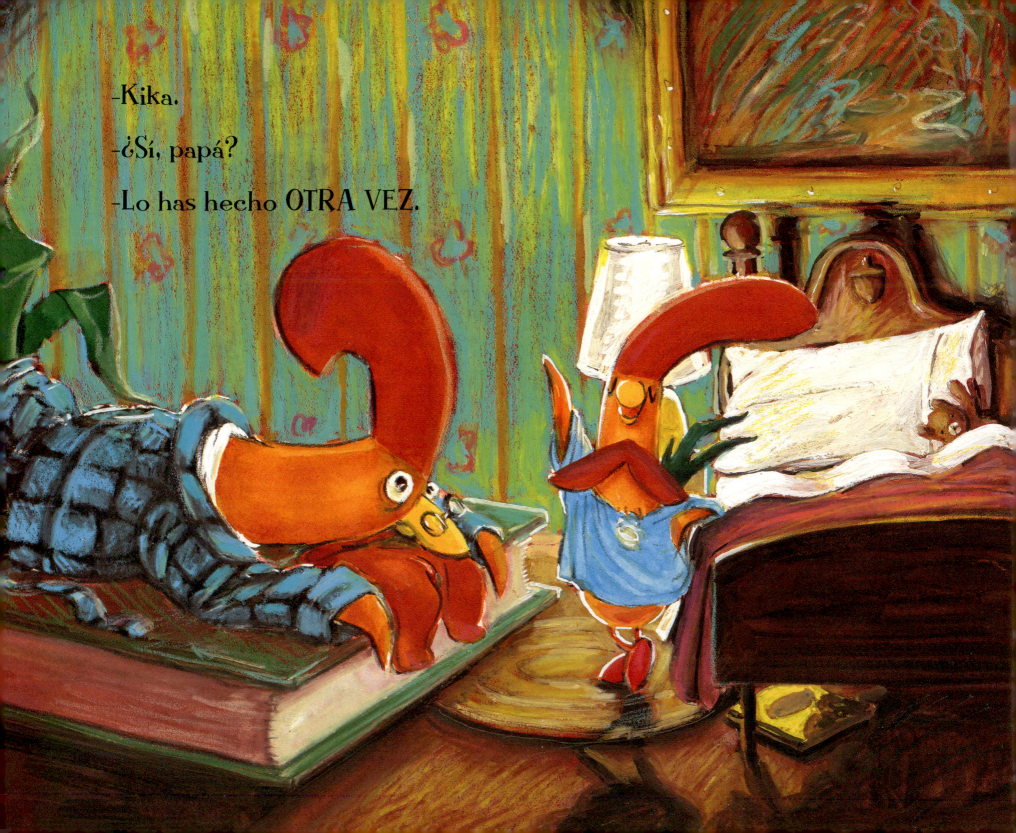

-¡Oh, papá! ¡No podía dejar que este pollito se preocupara por culpa de una bellota! Por favor, léeme otro cuento más, y te prometo que me dormiré.

-Pero Kika -dijo papá-, ya no tenemos más cuentos.

-¡Oh, no, papá! ¡No puedo dormir sin un cuento!

-Entonces -dijo papá bostezando-, ¿por qué no me cuentas tú un cuento a mí?

-¿Que yo te cuente un cuento? -dijo la gallinita roja-. ¡De acuerdo, papá! ¡Empecemos! A ver...

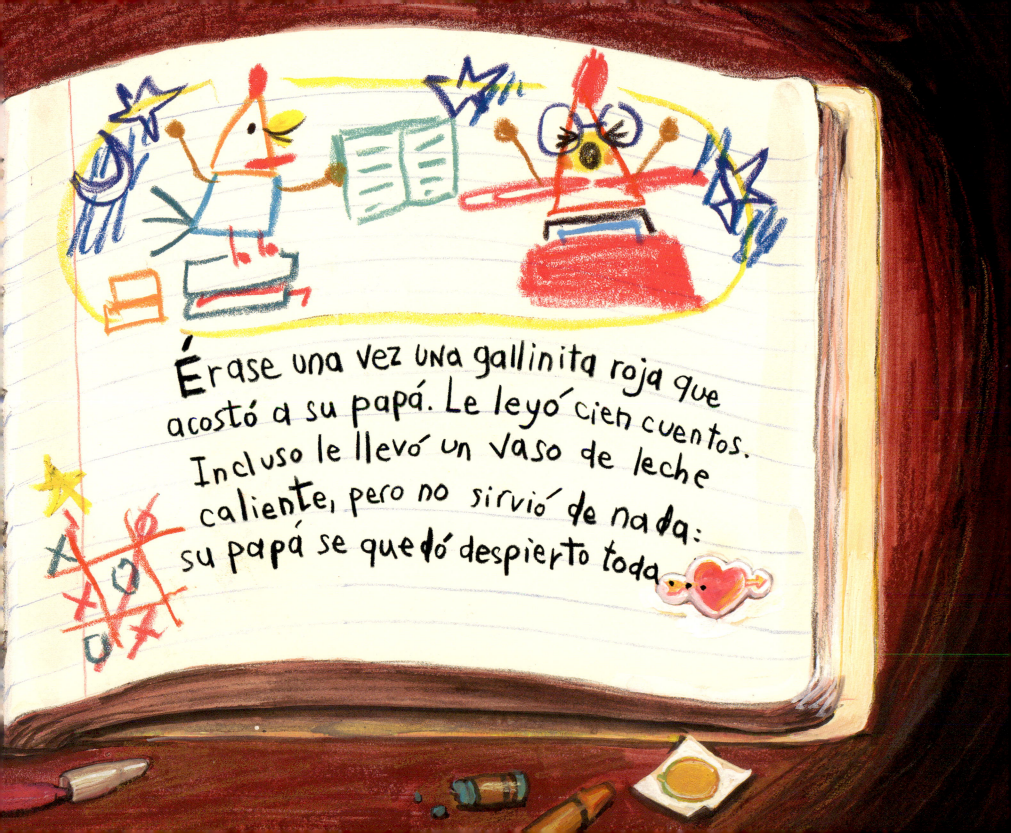

Érase una vez una gallinita roja que acostó a su papá. Le leyó cien cuentos. Incluso le llevó un vaso de leche caliente, pero no sirvió de nada: su papá se quedó despierto toda...

–¿Papá?

—Buenas noches, papá.

FIN

Para Bibi

Muchas gracias, Rebecca, Sarah y Ann por ayudarme a publicar este libro.

Título original: INTERRUMPTING CHICKEN
© David Ezra Stein, 2010
Con el acuerdo de Candlewick Press, una división de Walker Books, Ltd, Reino Unido.

© EDITORIAL JUVENTUD, S. A., 2012
Provença, 101 - 08029 Barcelona
info@editorialjuventud.es
www.editorialjuventud.es
Traducción de Teresa Farran
Primera edición, 2012
DL B 15175-2012
ISBN 978-84-261-3929-0
Núm. de edición de E. J.: 12.510
Printed in China